OBSERVATIONS

SUR

LE RÉTABLISSEMENT

D'UN

SECOND OPÉRA-COMIQUE.

Par un Amateur.

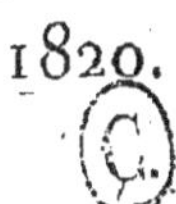

PARIS,

Chez LADVOCAT, libraire, au Palais-Royal,
et chez les Marchands de Nouveautés.

1820.

OBSERVATIONS.

Aurons-nous, n'aurons-nous pas un second théâtre d'Opéra-Comique?

Telle est la question que fait naître, en ce moment, un Mémoire adressé au Gouvernement par les auteurs dramatiques et les compositeurs, pour demander le rétablissement d'un théâtre de ce genre.

L'importance de ce mémoire fixera d'autant plus l'attention de l'autorité, qu'il est revêtu de la signature de tout ce que la France possède de compositeurs célèbres et d'écrivains distingués dans le genre de l'opéra-comique.

On ne pourra l'accuser d'être dicté par le mécontentement ou l'esprit de coterie, puisque les ouvrages du plus grand nombre des signataires composent aujourd'hui la meilleure et la plus fructueuse partie du répertoire du théâtre Feydeau.

Mais on a vu l'art menacé d'une prochaine décadence, et, dans l'intérêt de l'art, on a cru devoir réclamer la concurrence qui stimule l'émulation, vivifie le talent et crée le génie.

Cette concurrence a long-temps existé; l'art, le Public, les compositeurs, les auteurs et les artistes eux-mêmes s'en trouvaient bien : par quelle fatalité le genre le plus éminemment français, se trouve-t-il aujourd'hui soumis au joug meurtrier d'un privilége exclusif?

Avant la révolution, le théâtre Italien, le théâtre Feydeau et celui des Beaujolais jouaient simultanément des opéra-comiques.

Depuis 1790 jusqu'en 1806, les théâtres *Favart*, *Feydeau*, *Louvois*, *Montansier*, *Molière* et *de la rue de Bondy*, exploitèrent avec succès cette mine inépuisable, et il n'est aucun de ces théâtres qui, pendant une période de seize années, n'ait fait éclore des productions d'un mérite distingué, et n'ait formé des talents remarquables.

Aujourd'hui, le genre de l'opéra-comique excepté, tous ceux qui forment le domaine de l'art dramatique, se jouent concurremment sur deux ou plusieurs théâtres.

La tragédie et la haute comédie, sont le partage du premier et du second Théâtre Français.

Le vaudeville est représenté chaque jour sur six théâtres, *la rue de Chartres*, *les Variétés*, *la Porte St-Martin*, *l'Ambigu*, *la Gaité* et *Franconi*.

Le mélodrame lui-même, ce genre bâtard né de l'impuissance et de la médiocrité, encombre quatre théâtres qui lui sont presqu'exclusivement consacrés : *Franconi*, *la Porte St.-Martin*, *l'Ambigu* et *la Gaîté*.

Quelle recommandation porte donc avec soi ce genre monstrueux, si fatal à l'art dramatique, et dans lequel l'écrivain même le plus distingué, ne peut espérer de réussir qu'en foulant aux pieds toutes les règles du goût, lorsque des considérations particulières le déterminent à lui prostituer sa plume ?

Ces vérités devenues triviales à force d'être répétées, ont frappé depuis long-temps tous les bons esprits ; les dépositaires de l'autorité, en sont pénétrés eux-mêmes, et pourtant chaque fois qu'on a reproduit la demande d'un second Opéra-Comique, l'intérêt particulier a constamment prévalu sur l'intérêt général, et les demandes ont toujours été éludées, ou répondues négativement.

C'est, dit-on, sur des décrets impériaux qu'on s'est appuyé pour justifier ces refus.

Est-il possible que les ministres du Roi se croient sérieusement enchaînés par des décrets provoqués par la cupidité, dictés par l'arbitraire et modifiés par le caprice ?

Le décret du 8 juin 1806, pose la base du

modé à suivre pour la formation de nouveaux théâtres dans Paris, ou dans les départemens; mais il maintient et consacre tous les établissemens existants.

Par un arrêté, soi-disant organique, en date du 25 avril 1807, le ministère restreint à dix-neuf les spectacles de la capitale, et en supprime vingt-un.

Un second décret du mois d'août de la même année les réduit à huit; et trois autres décrets rendus *de proprio motu*, les portent à onze; c'est le nombre auquel il sont demeurés fixés et qui existe encore aujourd'hui.

Serait-ce donc cette mobile législation dont on voudrait s'armer encore, pour combattre le système de concurrence que l'on réclame de toutes parts pour le genre de l'opéra-comique.

Nous croirions faire injure au ministère si nous lui supposions l'intention de recourir à de pareils moyens.

Une loi antérieure, une loi sanctionnée par le roi Louis XVI, une loi que n'a restreinte, ni modifiée aucune loi postérieurement rendue, une loi enfin implicitement maintenue par l'article 48 de la Charte, parle plus haut pour l'intérêt de l'art, que tous ces actes réglémentaires, qui n'ont centralisé les priviléges que pour en former le patrimoine de quelques favoris, ou la propriété de quelques hommes qui les achetaient au poids de l'or.

Et qu'on ne croie pas que nous invoquions ici la faculté indéfinie de former des établissements dramatiques.

Tel n'est point le vœu du Public éclairé ; tel n'est point celui qu'ont exprimé les auteurs et les compositeurs, dans leur Mémoire.

Ils réclament la concurrence dans tous les genres, parce qu'elle est utile, nécessaire, indispensable ; ils la demandent spécialement pour le genre de l'opéra-comique, parce que dans le considérant de l'ordonnance royale qui fixe l'organisation du second Théâtre Français, Sa Majesté a fait connaître que sa volonté était que chacun des Théâtres Royaux eût une succursale dans Paris ; ils la demandent enfin parce que le maintien et les progrès de l'art et la situation actuelle du théâtre Feydeau, en font sentir, plus impérieusement que jamais, la rigoureuse nécessité.

En possession d'un privilége exclusif, devenus propriétaires des productions des auteurs morts depuis dix ans, les sociétaires de Feydeau sont dispensés de toute espèce d'égards et de ménagements envers les auteurs et les compositeurs vivants.

Celui-là seul trouvera un accès moins difficile auprès d'eux, qui saura se prêter à leurs caprices, flatter leur amour-propre, servir les prétentions ambitieuses de la médiocrité, et faire le sacrifice de ses intérêts privés à l'intérêt de quelque sociétaire.

Si quelquefois des considérations particulières, des circonstances inévitables, des besoins impérieux les forcent d'être équitables envers un auteur ou un compositeur, ils lui feront payer en tracasseries et en dégoûts cette justice forcée. Ils répéteront vingt fois par jour cette naïveté échappée à leur ancien semainier Camerain : *tant qu'il y aura des auteurs, les théâtres ne marcheront jamais.*

Nous ne prétendons point appliquer ces vérités à tel ou tel artiste du théâtre Feydeau : nous sommes même persuadés qu'individuellement il n'en est point qui ne repousse une semblable idée; mais telle est la force des choses, que les hommes réunis, pour délibérer sur des intérêts communs, accueillent souvent et sanctionnent collectivement des mesures que chacun d'eux condamne et réprouve en particulier.

Ce que ne feraient pas les sociétaires actuels, leurs successeurs le feront.

Les abus consacrés par une longue tolérance, deviennent *indéracinables*, et vont toujours en croissant.

Il est temps d'y apporter remède.

« *Principiis obsta , serò medicina paratur.* »

Mais comment formera-t-on un second Opéra-Comique ? Où trouvera-t-on des sujets pour composer la nouvelle troupe , lorsque celle qui existe seule ne présente , dans la presque totalité des emplois, que des talents sans jeunesse , ou de la jeunesse sans talents ?

La disette de sujets n'est pas aussi grande qu'on le suppose , et les théâtres de province ont encore plus d'artistes qu'il n'en faut pour former une réunion capable de soutenir honorablement la concurrence.

Pourquoi ne sont-ils pas à Paris , objectera-t-on encore ? Pourquoi les sociétaires du théâtre exclusivement privilégié ne s'empressent-ils pas de remplir les nombreuses lacunes qui se trouvent dans leurs rangs ?

Nous ne dirons pas que quelques chefs d'emploi , effrayés d'une dangereuse comparaison , repoussent avec persévérance tout ce qui pourrait leur porter ombrage.

Nous ne les assimilerons point à ces vieilles coquettes qui, conservant encore la prétention de plaire, se gardent bien d'admettre à leurs côtés, une rivale dont l'éclat et la fraîcheur ne feraient que mieux ressortir la décrépitude de leurs attraits surannés.

Nous aimons mieux croire que les artistes des départements, satisfaits du sort et du traitement qu'ils y trouvent, épouvantés des obstacles et des résultats d'un début, à Paris, ne veulent pas en courir la chance.

Ils ont raison : uniquement occupés de leur art, ils ignorent comment, dans la capitale, se prépare, se travaille et s'obtient un succès. Inconnus à cette bande d'applaudisseurs, désignés sous le nom de *messieurs du lustre*, étrangers à ces cabaleurs mercenaires, dont il faut acheter le suffrage ou encourir la malveillance, exposés à toutes les menées de l'intrigue et de la jalousie, ces artistes craignent d'échanger une réussite obscure contre une chute d'autant plus éclatante et plus sûre qu'ils auront déployé plus de talents.

Il n'y a que le rétablissement d'un second théâtre d'Opéra-Comique, qui puisse ouvrir les portes du premier aux artistes distingués des théâtres de province.

Joanny, long-temps dédaigné par la comédie française, est contraint de se réfugier dans les départements.

Le second théâtre s'ouvre : il y paraît avec

éclat, et huit jours sont à peine écoulés, qu'il reçoit les avances les plus flatteuses, les propositions les plus séduisantes de la part de ces mêmes confrères qui, six mois auparavant, l'avaient, accablé de leur fier dédain.

Et puisque nous parlons ici du second Théâtre Français, proclamons hautement que sans son existence, les Vêpres Siciliennes, Louis IX et les Comédiens n'auraient peut-être jamais vu le jour.

Quelles sérieuses réflexions ne doit pas faire naître ce concours de circonstances frappantes dans l'intérêt de la cause que nous défendons!

Mais, nous le répétons, qu'on se hâte de remédier au mal. Les auteurs se fatiguent, les compositeurs se rebutent, l'art se dégrade de jour en jour, et dans quelque temps, peut-être, on ne trouvera plus personne qui veuille parcourir une carrière ingrate, devenue la propriété exclusive de quelques privilégiés.

Auteurs, compositeurs, artistes, tout sera disparu.

Et qu'on ne compte pas alors sur les provinces pour combler le déficit du théâtre de la capitale.

Quelque zèle, quelque bonne volonté que l'on suppose aux artistes du théâtre Feydeau, ils ne montent guère annuellement que dix à douze ouvrages (et je mets ici le *maximum*).

Dans ce nombre, six au plus ont un succès assez brillant, ou du moins suffisant pour être portés sur les théâtres des départements.

Mais tout le monde sait qu'une pièce de théâtre n'a pas, en province, une vogue aussi soutenue qu'à Paris.

Dans la capitale, les spectateurs se renouvellent à chaque représentation, et dans les villes de département, même dans celles de premier ordre, ce sont presque toujours les mêmes personnes qui fréquentent le spectacle, et, après trois ou quatre représentations d'une nouveauté, quel que soit d'ailleurs son mérite, la curiosité provinciale est fatiguée, et le directeur qui éprouve plus directement que personne les effets de la satiété et les inconvénients de la solitude, est obligé, pour ramener la foule, de se rabattre sur les vaudevilles et sur les mélodrames que sept théâtres de Paris lui adressent par chaque courrier : il n'a dans ces deux genres que l'embarras du choix.

Mais, on le demande à tout homme de bonne foi, est-ce en beuglant la prose et les sentences empoulées d'un triste mélodrame que les acteurs de province se formeront à jouer dignement la tragédie et la comédie? Est-ce dans ces conceptions monstrueuses qu'il apprendront à saisir les nuances et à développer les caractères si habilement tracés dans les chefs-d'œuvres de nos grands maîtres?

Est-ce en fredonnant les ingénieux refrains d'un vaudeville qu'ils acquerront les moyens de s'élever à la hauteur de nos compositeurs célèbres, et de rendre toute la perfection de leur mélodie, toute la sublimité de leurs accords?

C'est cependant au privilége exclusif dont jouissent les sociétaires du théâtre Feydeau que seraient dus, en quelque sorte, l'appauvrissement, la décadence et l'anéantissement de la plus noble partie de l'art dramatique en France.

Nous n'ignorons pas que ces observations, quelqu'impartiales qu'elles soient, blesseront et soulèveront même des artistes momentanément intéressés à la conservation d'un privilége abusif, dont ils recueillent tout le fruit.

Nous savons même que du moment où ils ont eu connaissance du Mémoire présenté par les auteurs et les compositeurs, toutes les avenues ministérielles ont été encombrées de solliciteurs et de *solliciteuses*, disposés à *mettre tout en œuvre* pour maintenir la Société en possession d'un privilége et d'une propriété si doux, si faciles et si avantageux à exploiter.

Ceci est de bonne guerre, on ne peut pas les en blâmer.

On ne renonce pas facilement à l'usufruit, et moins encore à la propriété d'un bien même usurpé, quand une longue jouissance a fait disparaître, en quelque sorte, les traces de l'usurpation.

Si nous ne connaissons pas les raisons qu'ont alléguées les artistes-sociétaires du théâtre Feydeau, pour soutenir leur droit à un privilége exclusif, il est du moins facile de les pressentir.

« Monseigneur, auront-ils dit, (en suppo-
» sant qu'ils se soient adressés au ministre,)
» Monseigneur, un décret impérial a sanc-
» tionné la réunion du théâtre Favart au
» théâtre Feydeau pour affranchir les artistes
» du premier de ces théâtres des engagements
» qu'ils avaient contractés, des poursuites de
» leurs créanciers légitimes, et de l'abandon
» que le Public leur laissait trop clairement
» entrevoir.

» Il nous a mis en possession d'exploiter exclusivement le genre de l'opéra-comique.

» Nous sommes devenus les héritiers de
» tous les auteurs morts depuis dix ans,

» Nous exploitons à notre profit leurs pro-
» ductions , sans trop nous inquiéter si leurs
» familles auraient où non besoin d'un héri-
» tage dont une loi infiniment *juste* nous a
» rendus propriétaires incommutables.

» Nous n'accueillons et ne favorisons que
» les auteurs qui nous plaisent, les composi-
» teurs qui nous conviennent, les artistes
» qui valent ou que nous croyons valoir
» moins que nous.

» Daignez repousser, Monseigneur, les pro-
» jets hostiles de ceux qui prétendent nous
» contester les droits, dont nous sommes de-
» puis long-temps paisibles possesseurs.

» Le modique traitement que nous ga-
» gnons, sans beaucoup de peine il est vrai,
» ne s'élève guère, bon an mal an, qu'à
» seize ou vingt mille francs.

» Quelle sera notre situation si, pour le
» maintenir à ce taux plus que modeste,
» nous sommes forcés par la concurrence,
» d'établir un plus grand nombre d'ouvrages,
» de ne plus prodiguer les tours de faveur,
» de jouer plus souvent et avec plus d'en-
» semble et de soin, et d'accueillir enfin
» des talents naissants qui nous offusquent.

» Nous n'avons pas comme nos confrères
» de la rue de Richelieu , la ressource pro-
» ductive des congés.

» Nous sommes fermes à notre poste.

» Les malins disent tout bas que nous ne
» montrons tant d'exactitude que parce que
» nous craignons les voyages sans profit et
» les parallèles dangereux.

» C'est une véritable médisance.

» Nous comptons sur la protection de
» Votre Excellence pour écarter l'orage qui
» nous menace, et les calamités prêtes à
» fondre sur nous. »

Sans préjuger et moins encore sans dicter
la réponse du ministre à ces doléances inté-
ressées, voici celle que nous ferions, si nous
étions à sa place.

« Messieurs et Mesdames,

» Vos plaintes sont naturelles, mais elles
» n'ont aucun fondement.

» Il n'existe plus parmi vous qu'un seul
» débris de l'ancien théâtre Favart, (M. Che-
» nard.)

» De quel droit jouiriez-vous du privilége
» *exclusif* de jouer l'opéra-comique ?

» A quel titre prétendez-vous recueillir *ex-*
» *clusivement* l'héritage des *Marmontel*, des
» *Grétry*, des *Sédaine*, des *Monsigny*, des
» *Monvel*, des *Dalayrac*, des *Favart*, des
» *Duni*, des *Dejaure*, des *Anséaume*, des *Ni-*
» *colo*, des *Méhul*, des *della Maria*; etc., etc.

» Vous n'avez rien fait pour leur gloire,
» ils ont tout fait pour la vôtre.

» Vous leur devez votre état, votre exis-
» tence, votre fortune.

» Si une loi sur laquelle on reviendra peut-
» être quelque jour, déclare propriétés *na-*
» *tionales* les productions des auteurs morts
» depuis plus de dix ans ; de quel droit
» voulez-vous être les légataires exclusifs de
» cet immense héritage ?

» Vingt artistes réunis en société sur quel-
» ques toises du terrain de la capitale, ne
» sont pas la NATION.

» Vos prétentions à cet égard sont aussi ri-
» dicules que mal fondées.

» Que vous accueilliez, favorisiez ou re-
» poussiez selon votre bon plaisir, ou vos
» intérêts privés, les auteurs, les composi-
» teurs et les débutants, c'est un pouvoir
» *discrétionnaire* très-agréable sans doute à
» exercer.

» Mais l'art en souffre, tout le monde s'en
» plaint, et le Gouvernement lui-même en
» reconnaît le désastreux abus.

» A quoi bon le Roi entretiendrait-il à
» grands frais, une école à Paris et une école
» à Rome pour former des compositeurs, si,
» après huit ou dix ans de travail soutenu,

» les élèves du Conservatoire, couronnés par
» l'Institut, ne peuvent trouver accès dans
» le théâtre exclusivement privilégié.

» Que leur sert d'acquérir des talents dont
» le développement et l'emploi leur sont in-
» terdits ?

» Vous n'excluez personne, direz-vous avec
» raison ?

» J'en conviens; mais en possession d'ex-
» ploiter seuls le genre de l'opéra-comique ,
» vous ne pouvez être tout à tous.

» Les talents reconnus ont nécessairement
» la préférence sur les talents qui veulent se
» faire connaître.

» Il n'y a que le rétablissement d'un second
» théâtre, il n'y a que la concurrence qui
» puisse désobstruer les avenues encombrées
» du théâtre Feydeau.

» L'intérêt de l'art l'exige ;

» La raison le veut ;

» Les auteurs et les compositeurs le de-
» mandent ;

» Le Public le désire ;

» La législation n'y met aucun obstacle ;

» Le Roi l'a promis.

» Il y aura donc un second théâtre d'Opéra-
» Comique. »

L'équité qui caractérise le ministre, nous

permet de croire que si ce ne sont pas textuellement les expressions de sa réponse, nous en avons, du moins, pressenti le sens et l'intention.

Mais les subalternes qui souvent exercent une influence désastreuse sur le travail des bureaux, seront-ils dans les mêmes dispositions? Partageront-ils les mêmes sentiments?

Seront-ils, comme les ministres, inaccessibles à tous les genres de séduction que l'intérêt privé va mettre en œuvre pour les circonvenir?

Nous le souhaitons pour leur honneur et pour l'intérêt de l'art musical.

L'avenir nous apprendra ce que nous devons croire.

Jusqu'à décision définitive, nous nous renfermerons avec le Public, les auteurs, les compositeurs et les artistes dans cette question :

Aurons-nous, n'aurons-nous pas un second théâtre d'Opéra-Comique?

DE L'IMPRIMERIE DE J.-L. CHANSON,
RUE DES GRANDS-AUGUSTINS, N° 10.

www.ingramcontent.com/pod-product-compliance
Lightning Source LLC
LaVergne TN
LVHW051146060726
842526LV00006B/2241